First Spanish edition published in the United States and Canada
in 2002 by Ediciones Norte-Sur, an imprint of Nord-Süd Verlag AG,
Gossau Zürich, Switzerland.
Spanish version supervised by Sur Editorial Group, Inc.
Distributed in the United States by North-South Books Inc., New York.

Library of Congress Cataloging-in-Publication Data is available.

ISBN 0-7358-1698-0 (paperback edition) 10 9 8 7 6 5 4 3 2 1
ISBN 0-7358-1697-2 (trade edition) 10 9 8 7 6 5 4 3 2 1
Printed in Belgium

Para obtener más información sobre nuestros libros,
y los autores e ilustradores que los crean, visite
nuestra página en www.northsouth.com

El cofre del tesoro

Dominique Falda

Traducido por Gerardo Gambolini

Ediciones Norte-Sur / New York / London

Una noche, Ardilla no podía dormir. Como tenía hambre, bajó del árbol y se puso a cavar.

Esperaba encontrar unas nueces que había enterrado allí cerca hacía mucho. En su lugar, ¡encontró un cofre!

Búho, que nunca dormía de noche,
vio el cofre que Ardilla había encontrado.

Voló por el bosque, ululando: "¡Tesoro! ¡Tesoro! ¡Ardilla ha descubierto un tesoro enterrado!"
Pero nadie escuchó. Todos dormían profundamente.

Al salir el sol, los amigos de Búho por fin se despertaron.

—¿Se enteraron? —dijo Búho—. ¡Anoche Ardilla desenterró un cofre!

—¿Y qué había adentro? —preguntó Topo.

—¡Sí! ¿Qué había en el cofre? —exclamaron Conejo, Tejón y Oso.

—¡Esperen! Déjenme adivinar
—dijo Conejo—. Creo que había
zanahorias. Montones y montones
de zanahorias. Podría comerme seis
por día.

—No —dijo Tejón—. A mí me parece que el cofre estaba lleno de globos. ¡Cómo me gustaría tener unos globos para jugar!

—No sean tontos —dijo Oso—. El cofre estaba lleno de miel. Lleno de dulce y dorada miel.

—Yo creo que en ese cofre había
un par de anteojos —dijo Topo—.
Con un par de anteojos yo vería
mejor.

—No sean tontos —les dijo Búho con
impaciencia—. Los cofres enterrados siempre
están llenos de oro y plata, perlas, diamantes
y otras piedras preciosas.

—Presten atención a lo que les voy a decir —agregó Búho—. Ahora que Ardilla ha encontrado ese tesoro, comprará todo el bosque y nos echará.

—¿Echarnos? ¿A nosotros? —gritaron los animales horrorizados.

—Ardilla es nuestra amiga —dijo Conejo.

—Cuando alguien es rico —aseguró Búho—, se olvida de sus amigos y sólo piensa en sí mismo.

—¡No lo puedo creer!
—exclamó Topo—. ¡Vamos
a preguntarle a Ardilla!
Y se alejaron corriendo.

    —Ardilla, ¿qué había en el cofre? —le
preguntaron ansiosamente los animales.

    —¿Por qué están tan preocupados? —quiso saber
Ardilla—. ¡En un cofre siempre hay algo hermoso!

    —Entonces ahora eres millonaria —dijo Conejo.

    —Bueno —respondió Ardilla—, tengo un cofre
lleno de semillas, nueces y miel.

    —¿Semillas, nueces y miel? —repitieron a coro
los animales.

—Así es —dijo Ardilla, con una gran sonrisa—. Y he hecho un hermoso pastel para todos nosotros.

—Pensábamos que te habías enriquecido con el tesoro —explicó Búho, avergonzado.

—Bueno, *soy* rica —dijo Ardilla—. Pero sólo porque todos ustedes son mis amigos.